Olivier Vatine Thierry Cailleteau

AQUABLUE

2: DER BLAUE PLANET

Feest Comics

2. Auflage
FEEST COMICS
Postfach 101245, 7000 Stuttgart 10
Übersetzung aus dem Französischen: Helmut Neumayer
Chefredaktion: Michael Walz
Verantwortlicher Redakteur: Georg F.W. Tempel
Lettering: Jörn Krug
Gestaltung: Wolfgang Keller
Originaltitel: Aquablue «La planète bleue»

Druck und Verarbeitung: Graph. Großbetrieb, Pößneck
ISBN 3-89343-845-9

GEBT IHNEN NOCH EINE KISTE, FRITZ.
WOHL BEKOMM'S, IHR FISCHGESICHTER! DER BOSS SCHMEISST 'NE RUNDE! HA! HA!
ICH SCHÄTZE DIE WIRKSAMKEIT IHRER METHODEN, OBERST MORGENSTERN.
UND GENAUSO GEHEN WIR AUF ALLEN INSELN VOR, WO SIE IHRE KRAFTWERKE ERRICHTET HABEN.
SEHEN SIE SICH DIE AN, MR. PHLEBS. NOCH EIN PAAR LIEFERUNGEN, UND DIE STOLZEN KRIEGER, DIE UNS SOVIEL ÄRGER BEREITET HABEN, SIND NUR NOCH EINE BANDE VON PENNERN, DIE FÜR FEUERWASSER IHRE FRAUEN UND HARPUNEN VERSCHEUERN.

DAZU NOCH EIN PAAR COCA-COLA-T-SHIRTS UND QUARZUHREN, UM DIE LETZTEN ZWEIFLER VON DEN SEGNUNGEN DER ZIVILISATION ZU ÜBERZEUGEN, UND AQUABLUE WIRD VÖLLIG BEFRIEDET SEIN!
IHRE PRIVATARMEE IST EIN WERTVOLLER PARTNER FÜR DIE TEXEC.* DIESER PLANET IST EINE MENGE GELD WERT. UMSO MEHR WERT LEGT UNSER VERWALTUNGSRAT AUF IHRE PRÄSENZ HIER. AUF DER ERDE BEREITEN UNSERE ANWÄLTE SCHON DEN PROZESS VOR, DEN IHR NEFFE GEGEN SIE ANSTRENGT. KEINE BANGE, ER WIRD VERLIEREN UND...
*TEXAS ENERGY CONSORTIUM
GENUG!
NEHMT EUER GIFT UND VERSCHWINDET!
CRASH!
...NICHT... ZERBRECHEN... FLASCHEN...
SELBST PELUI HAT DIE HAND GEGEN MICH ERHOBEN! URUKTHAPEL, UNSER VOLK WIRD DURCH DIESE ERDLINGE VERDERBEN! DOCH WAS TUN? IHNEN AUS DEM WEG GEHEN, ODER GEDULDIG AUSHARREN, BIS NAO WIEDERKEHRT?
URUK-URU WIRD DIE GESUCHTE ANTWORT GEBEN! ICH HABE DIE ZEREMONIE SEINER ANRUFUNG VIERZIG GEZEITENFOLGEN LANG VOLLZOGEN. UND MORGEN WIRD ER ERSCHEINEN, ZUR FEIER DER TAG- UND NACHTGLEICHE.
SEE YOU LATER, BIG BOSS MELKEIOK! HAHAHA!
2

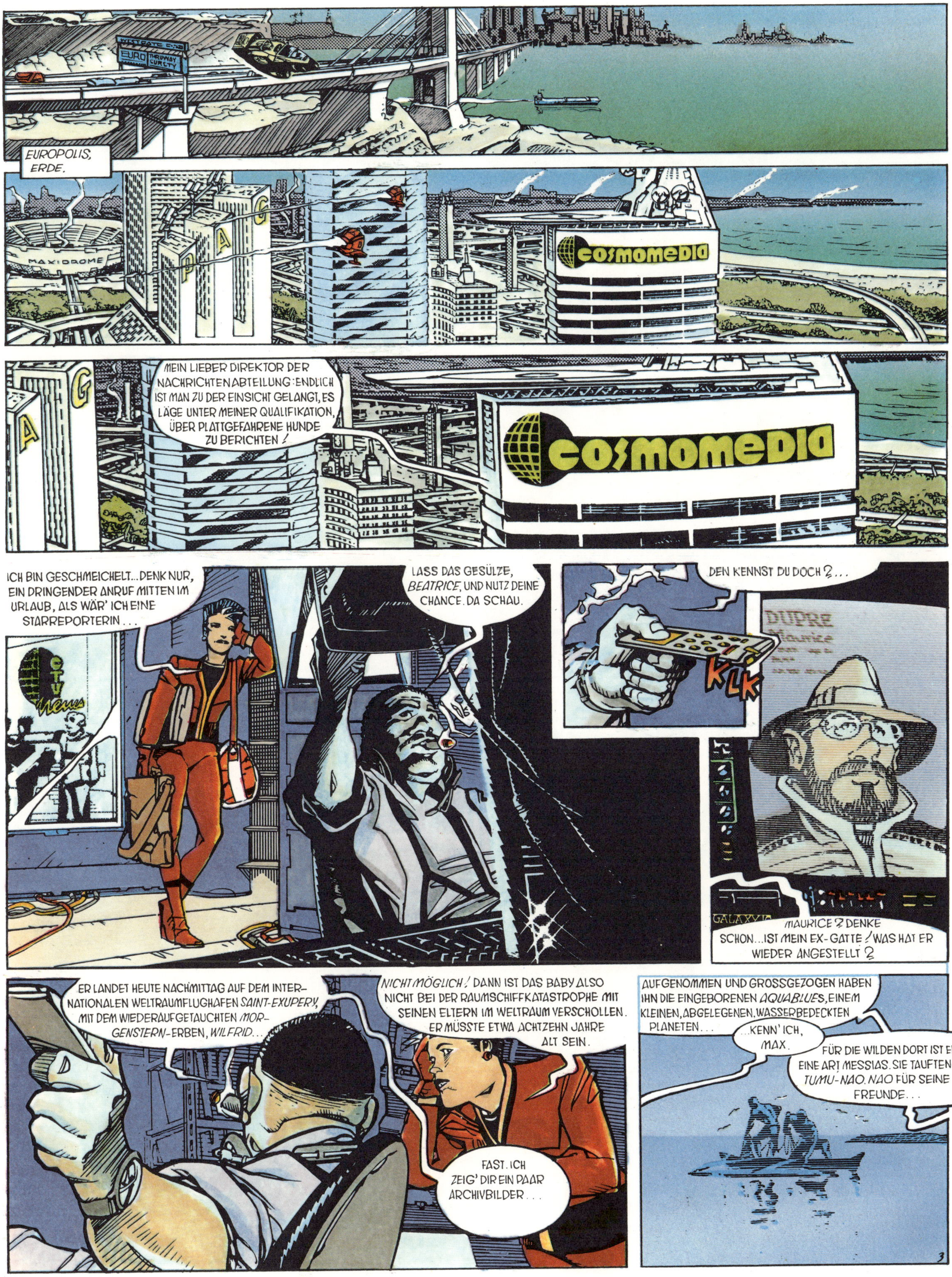
EUROPOLIS, ERDE.
MAXIDROME
COSMOMEDIA
MEIN LIEBER DIREKTOR DER NACHRICHTENABTEILUNG: ENDLICH IST MAN ZU DER EINSICHT GELANGT, ES LÄGE UNTER MEINER QUALIFIKATION, ÜBER PLATTGEFAHRENE HUNDE ZU BERICHTEN!
COSMOMEDIA
ICH BIN GESCHMEICHELT... DENK NUR, EIN DRINGENDER ANRUF MITTEN IM URLAUB, ALS WÄR' ICH EINE STARREPORTERIN...
LASS DAS GESÜLZE, BEATRICE, UND NUTZ DEINE CHANCE. DA SCHAU.
DEN KENNST DU DOCH?...
KLK
DUPRE
Maurice
MAURICE? DENKE SCHON... IST MEIN EX-GATTE! WAS HAT ER WIEDER ANGESTELLT?
ER LANDET HEUTE NACHMITTAG AUF DEM INTERNATIONALEN WELTRAUMFLUGHAFEN SAINT-EXUPERY, MIT DEM WIEDERAUFGETAUCHTEN MORGENSTERN-ERBEN, WILFRID...
NICHT MÖGLICH! DANN IST DAS BABY ALSO NICHT BEI DER RAUMSCHIFFKATASTROPHE MIT SEINEN ELTERN IM WELTRAUM VERSCHOLLEN. ER MÜSSTE ETWA ACHTZEHN JAHRE ALT SEIN.
FAST. ICH ZEIG' DIR EIN PAAR ARCHIVBILDER...
AUFGENOMMEN UND GROSSGEZOGEN HABEN IHN DIE EINGEBORENEN AQUABLUES, EINEM KLEINEN, ABGELEGENEN, WASSERBEDECKTEN PLANETEN...
...KENN' ICH, MAX.
FÜR DIE WILDEN DORT IST ER EINE ART MESSIAS. SIE TAUFTEN IHN TUMU-NAO. NAO FÜR SEINE FREUNDE...
3

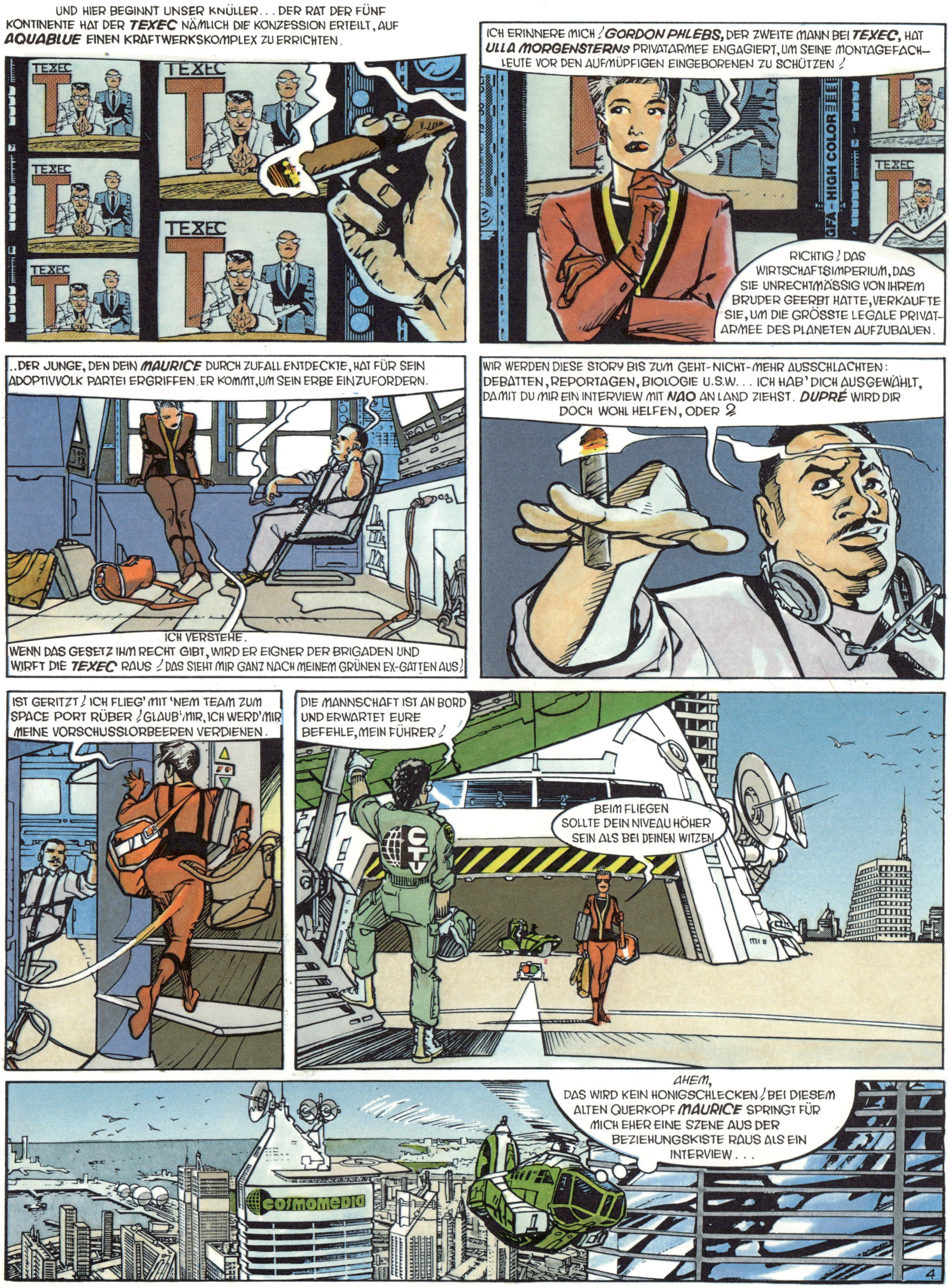

UND HIER BEGINNT UNSER KNÜLLER ... DER RAT DER FÜNF KONTINENTE HAT DER TEXEC NÄMLICH DIE KONZESSION ERTEILT, AUF AQUABLUE EINEN KRAFTWERKSKOMPLEX ZU ERRICHTEN.
TEXEC
ICH ERINNERE MICH! GORDON PHLEBS, DER ZWEITE MANN BEI TEXEC, HAT ULLA MORGENSTERNS PRIVATARMEE ENGAGIERT, UM SEINE MONTAGEFACHLEUTE VOR DEN AUFMÜPFIGEN EINGEBORENEN ZU SCHÜTZEN!
RICHTIG! DAS WIRTSCHAFTSIMPERIUM, DAS SIE UNRECHTMÄSSIG VON IHREM BRUDER GEERBT HATTE, VERKAUFTE SIE, UM DIE GRÖSSTE LEGALE PRIVATARMEE DES PLANETEN AUFZUBAUEN.
..DER JUNGE, DEN DEIN MAURICE DURCH ZUFALL ENTDECKTE, HAT FÜR SEIN ADOPTIVVOLK PARTEI ERGRIFFEN. ER KOMMT, UM SEIN ERBE EINZUFORDERN.
ICH VERSTEHE.
WENN DAS GESETZ IHM RECHT GIBT, WIRD ER EIGNER DER BRIGADEN UND WIRFT DIE TEXEC RAUS! DAS SIEHT MIR GANZ NACH MEINEM GRÜNEN EX-GATTEN AUS!
WIR WERDEN DIESE STORY BIS ZUM GEHT-NICHT-MEHR AUSSCHLACHTEN: DEBATTEN, REPORTAGEN, BIOLOGIE U.S.W. ... ICH HAB' DICH AUSGEWÄHLT, DAMIT DU MIR EIN INTERVIEW MIT NAO AN LAND ZIEHST. DUPRÉ WIRD DIR DOCH WOHL HELFEN, ODER?
IST GERITZT! ICH FLIEG' MIT 'NEM TEAM ZUM SPACE PORT RÜBER! GLAUB' MIR, ICH WERD' MIR MEINE VORSCHUSSLORBEEREN VERDIENEN.
DIE MANNSCHAFT IST AN BORD UND ERWARTET EURE BEFEHLE, MEIN FÜHRER!
BEIM FLIEGEN SOLLTE DEIN NIVEAU HÖHER SEIN ALS BEI DEINEN WITZEN.
AHEM, DAS WIRD KEIN HONIGSCHLECKEN! BEI DIESEM ALTEN QUERKOPF MAURICE SPRINGT FÜR MICH EHER EINE SZENE AUS DER BEZIEHUNGSKISTE RAUS ALS EIN INTERVIEW ...
COSMOMEDIA

* S. EDITION PHANTASTISCHE ABENTEUER Bd.1 "AQUABLUE"

GENIESSE DAS SCHAUSPIEL, NAO! DER INTERNATIONALE WELTRAUMFLUGHAFEN SAINT EXUPERY: EINE RIESENPLATTFORM VON 400 HEKTAR MITTEN IM MEER, DURCH EINE BRÜCKE MIT DEM FESTLAND VERBUNDEN!
PHANTASTISCH! WENN MI-NUEE DAS SEHEN KÖNNTE!
UM LICHTJAHRE IST SIE SEINEN AUGEN ENTRÜCKT, UND DENNOCH TRÄGT ER SIE IM HERZEN! AAH, MEINE ERZIEHUNG!
BZZT!
LASS DAS GESEIRE, CYBOT! WENN ER SIE BALD WIEDERSEHEN WILL, DANN SOLL ER SICH MIT DEM BEFASSEN, WAS HIER FÜR UNS ANLIEGT, ANSTATT ZU TRÄUMEN.
PFFT! DIESE MENSCHEN! KEIN GEFÜHL! KLK!
KURZ DARAUF...
NERVEND, DIESE FORMALITÄTEN! IST DAS IMMER SO AUF DER ERDE?
HYGIENEKONTROLLE, ZOLL UND EINWANDERUNGSBEHÖRDE... UND ES HÄTTE SCHLIMMER KOMMEN KÖNNEN! DU HAST JA NICHT MAL EINEN PASS! ABER NOCH HABEN WIR KEINE RUHE: SIEH DA VORN!
HAB GEDULD MIT DEN LEUTEN, NAO, DU WIRST SIE BRAUCHEN! KZZT!
WILFRID MORGENSTERN! EINE FRAGE...
PORTE B
ALLES ZURÜCK!
WERDEN SIE HIER BLEIBEN?
HUA! PASST DOCH AUF!

MAURICE!
BEATRICE?
BEATRICE! DU WEISST NICHT, WIE ICH MICH FREUE, DASS DU ZU MEINER BEGRÜSSUNG GEKOMMEN BIST!
ICH FREU' MICH AUCH, DICH ZU SEHEN, UND ICH WOLLTE DICH UM EINEN KLEINEN GEFALLEN BITTEN...
ES IST SEHR WICHTIG FÜR MEINE ARBEIT... ICH HÄTTE GERN EIN EXKLUSIVINTERVIEW MIT DEINEM NAO... NICHT UM EINE SENSATIONSSCHNULZE ÜBER EIN KIND DER WILDNIS ZU MACHEN...
...SONDERN EINE VERTIEFTE DARSTELLUNG, EINE INFRAGESTELLUNG DER KOLONIALISTISCHEN POLITIK VON...
ICH SEH' SCHON, WIR HABEN MAL WIEDER NICHT DIESELBE WELLENLÄNGE! DU VERLÄSST MICH, ZWEI JAHRE LANG HÖR ICH NICHTS VON DIR, AUSSER DURCH DEINEN SCHEIDUNGSANWALT, UND HEUTE TAUCHST DU RUNDUM LÄCHELND WIEDER AUF! ICH IDIOT GLAUBE, ES SEI WEGEN MIR... ABER NEIN!...
MADAME BRAUCHT MICH FÜR IHRE KARRIERE! DEINE SCHEISSKARRIERE, DIE IMMER WICHTIGER WAR ALS ICH, SEIT ICH AUF DIESEN VERLORENEN PLANETEN VERSETZT WURDE! DER DEPP HAT DIE SCHNAUZE VOLL! KEIN INTERVIEW, NICHTS!
FÜR LEUTE WIE DICH GIBT'S IN 10 MINUTEN EINE PRESSEKONFERENZ! VIEL SPASS DABEI. CIAO!

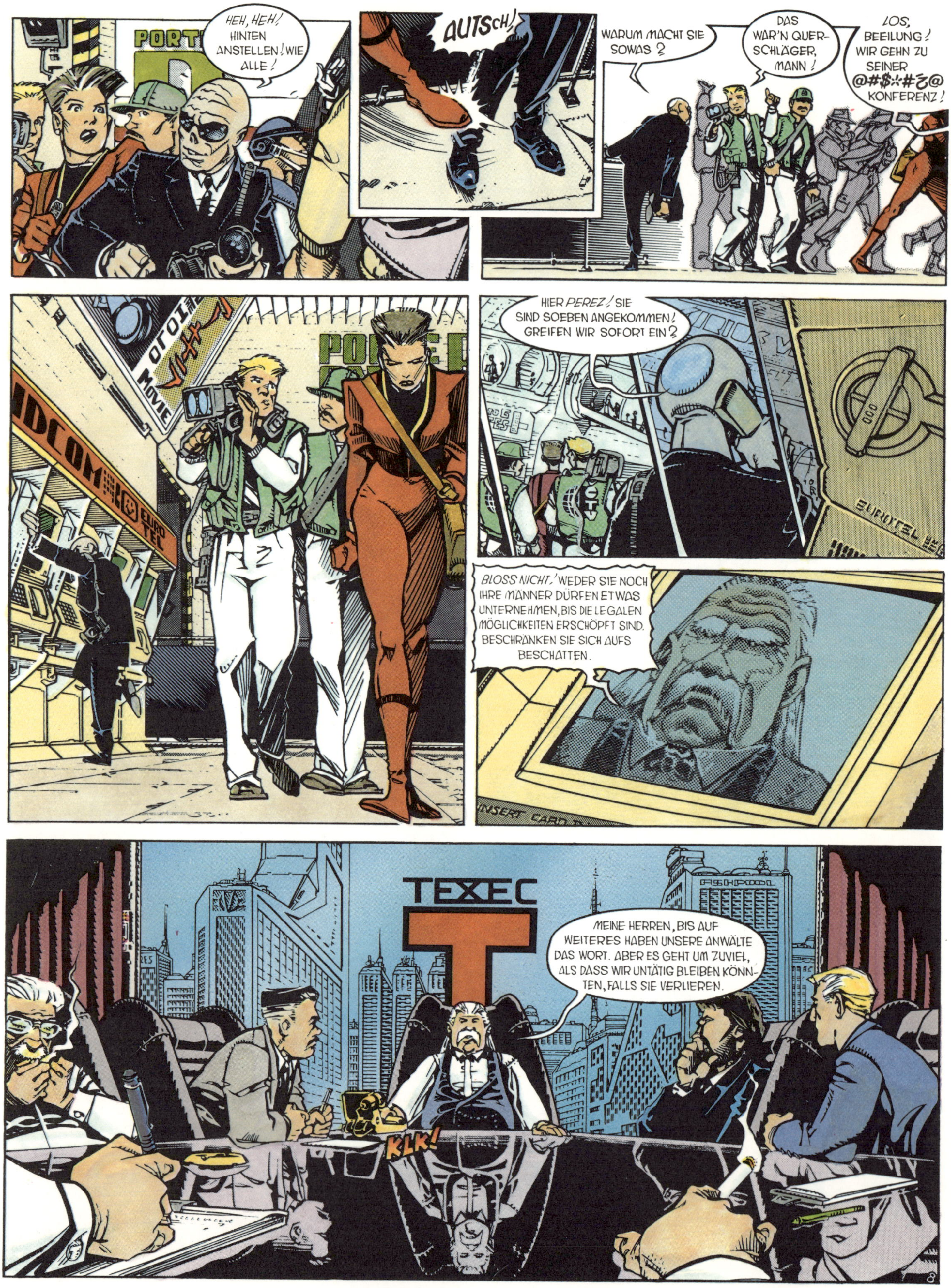
HEH, HEH! HINTEN ANSTELLEN! WIE ALLE!
AUTSCH!
WARUM MACHT SIE SOWAS?
DAS WAR'N QUERSCHLÄGER, MANN!
LOS, BEEILUNG! WIR GEHN ZU SEINER @#$*#?@ KONFERENZ!
HIER PEREZ! SIE SIND SOEBEN ANGEKOMMEN! GREIFEN WIR SOFORT EIN?
BLOSS NICHT! WEDER SIE NOCH IHRE MÄNNER DÜRFEN ETWAS UNTERNEHMEN, BIS DIE LEGALEN MÖGLICHKEITEN ERSCHÖPFT SIND. BESCHRÄNKEN SIE SICH AUFS BESCHATTEN.
TEXEC
MEINE HERREN, BIS AUF WEITERES HABEN UNSERE ANWÄLTE DAS WORT. ABER ES GEHT UM ZUVIEL, ALS DASS WIR UNTÄTIG BLEIBEN KÖNNTEN, FALLS SIE VERLIEREN.
KLK!

EIN GEWITTER BRAUT SICH ZUSAMMEN! MÖGE ER BESSER ERSCHEINEN, EHE ES LOSBRICHT!
ER IST DA!

SUOMI KONABATA VON ASAHI INTERNATIONAL. WILFRID MORGENSTERN ODER NAO, WENN IHNEN DAS LIEBER IST: SIE SIND SOEBEN AUF DEM PLANETEN IHRER VORFAHREN ANGEKOMMEN...
... WIE SIND IHRE ERSTEN EINDRÜCKE VON DEN ERDBEWOHNERN?
ÄH... ICH... ÄH... MUSS GESTEHEN, DASS DIEJENIGEN, DIE ICH AUF AQUABLUE TRAF, KEINEN GUTEN EINDRUCK MACHTEN! IM ÜBRIGEN IST DAS DER GRUND MEINER REISE. DOCH MEIN FREUND MAURICE DUPRÉ UND IHR HERZLICHER EMPFANG...
... ZEIGTEN MIR, DASS NICHT ALLE ERDBEWOHNER GLEICH SIND!
CLAP! CLAP! CLAP! CLAP! CLAP!
UND OBENDREIN IST DIESER JUNGE EIN ECHTER MEDIENKNÜLLER!
PSST!
ES IST SOWEIT: URUK-URU SPRICHT IM GEIST VON URUKTHAPEL!
LEISE! MI-NUEE!
HRRRH!
VATER! DA!

FALKE 1 UND 2 AN BARRACUDA. ZIEL IDENTIFIZIERT, LEITEN ANGRIFF EIN . . .
OVER!
EINEN ARZT! SCHNELL!

UHRUUUUUUU
!!!
SPRING! SPRING!
UNNGH...
LASST MICH DURCH! ICH BIN SANITÄTER!
MACHT PLATZ! ER BRAUCHT LUFT!
ZURÜCK!

BERICHT VON FALKE 2. ZWEI TREFFER GELANDET, FALKE 1 ZERSTÖRT. DAS TIER TAUCHT UNTER. IHR SEID DRAN, BARRACUDA !
OVER !
UNGLAUBLICH! ZWEI VOLLTREFFER UND DAS BIEST MACHT'S IMMER NOCH! DIESES DING IST UNZERSTÖRBAR, OBERST !
ES LIEGT IN IHREM INTERESSE, MIR SCHNELLSTENS DAS GEGENTEIL ZU BEWEISEN, KAPITÄN SVEN !
VOLLE KRAFT VORAUS !
ES IST IN REICHWEITE VOR STEUERBORD !
JETZT ODER NIE !
ROHRE 3, 4 UND 5...
FEUER !

ES HAT ÜBERLEBT UND TAUCHT WEITER!
IHM NACH, SVEN! ICH WILL SEINE HAUT!
UNMÖGLICH, OBERST! DER SCHIFFSRUMPF HÄLT KEINEN HÖHEREN DRUCK AUS.
DAS IST EIN BEFEHL, KAPITÄN!
BEDAURE, ABER...
SIE NIETE! FALLS DAS MONSTER SEINE VERLETZUNGEN ÜBERLEBT, WERDEN SIE MIR TEUER DAFÜR BEZAHLEN, SEHR TEUER!
KLAR ZUM AUFTAUCHEN!
DAS VERGESS' ICH NICHT, MORGENSTERN! DAS VERGESS' ICH NICHT...

RUINEN... EINE STADT... VERSUNKEN...
ER KOMMT ZU SICH!
WASSER... ICH BRAUCHE WASSER...
KLC!-ICH KOMME, ICH KOMME!
ICH GLAUB', ICH SEH' NICHT RECHT! DIESER SPRUNG! UND DER TYP SCHRAUBT LOS WIE EIN AUSSENBORDMOTOR!
BLK!-IN DER TAT, MEIN GUTER! ER HAT VON KLEINAUF ANGEFANGEN!
BEEILUNG! ER WIRD HIER RAUFKOMMEN! KLK!-
SIE HABEN UNS VIELLEICHT ANGST EINGEJAGT!
PARDON... ABER ICH HAB'S GEBRAUCHT...
15

DANKE, BEATRICE! KLK;!- DUPRÉ MAG DAZU STEHEN WIE ER WILL: SIE HABEN SICH IHR INTERVIEW MIT DEM, WAS SIE GETAN HABEN, LÄNGST VERDIENT!
BRT;!-
HEP!
ENTSCHULDIGUNG, SEÑOR, ERLAUBEN SIE MIR, MICH VORZUSTELLEN: SALVADOR GARCIA, BESITZER DES "GREAT GARCIA MARINELAND", DEM GRÖSSTEN EUROPAS! ICH HABE SIE ZUFÄLLIG TAUCHEN UND SCHWIMMEN SEHEN, UND...
¿?
...ICH BIN BEREIT, IHNEN EINEN SUPER-VERTRAG ZU GEBEN, WENN SIE DAFÜR EINE NUMMER MIT MEINEN DELPHINEN UND ORCAS PRÄSENTIEREN. CARAMBA! SIE SIND WIRKLICH AUSSERGEWÖHNLICH! SIE SCHWIMMEN WIE EIN FISCH, IM WAHRSTEN SINNE DES WORTES!
SORRY, MR. GARCIA, ABER NAO IST NICHT HIERHERGEKOMMEN, UM IN IHREM ZIRKUS DEN CLOWN ZU MACHEN!
HEH! SPINNEN SIE ¿
ER IST SEHR EIGEN! KLK;!— LASSEN SIE MIR MAL IHRE KARTE DA, MAN WEISS NIE.
BITTE SEHR! SIE SOLLTEN IHREM FREUND RATEN, DEN MANAGER ZU WECHSELN! MIT DEM DA WIRD ER NICHT WEIT KOMMEN! QUE LOCO!
GENUG FÜR HEUTE! WIR NEHMEN EIN LUFTKISSENTAXI UND BEZIEHEN BEI MIR QUARTIER! ICH HOFFE, MEINE CYBER-MARIA HAT NICHT SCHLAPPGEMACHT, SONST LIEGT DER HAUSHALT DER LETZTEN ZWEI JAHRE UNERLEDIGT VOR UNS!
IDROME
STADIUM
WAOUH! DAS IST JA WAHNSINN HIER, DUPRÉ!
DAS IST EUROPOLIS, NAO, SO WIE MAN'S FÜR STAATSVISITEN UND AEROCARS VOLL TOURISTEN HERZEIGT! DOCH VERGISS NICHT, RUND UM DIE SCHÖNEN VIERTEL GIBT ES JEDE MENGE ELEND. AUCH DAS WERD' ICH DIR ZEIGEN!
TAXI
LEFT
16

ICH SPÜRE NICHT MEHR, DASS URUK-URU UM UNS IST! VIELLEICHT HAT ER UNSERE WELT WEGEN DER TERRANER VERLASSEN! DOCH ER HATTE ZEIT, MIR SEINE BOTSCHAFT ZU ÜBERMITTELN.
SPRICH URUKTHAPEL, DER RAT HÖRT DIR ZU!
UNSER VOLK MUSS AUFBRECHEN, DEM MUTTERGESTIRN FOLGEN, BIS DER OZEAN ZU EIS WIRD. WIR MÜSSEN OUVÉA, DIE INSEL UNSERER VORFAHREN, VERLASSEN!
NORDWÄRTS ZIEHEN... URUK-URU IST WEISE: DORT HABEN UNSERE FEINDE IHRE VERFLUCHTEN ENERGIESTATIONEN NICHT ERRICHTET; DAS WASSER IST ZU KALT, UM ENERGIE ZU GEWINNEN. DORT FINDEN WIR VIELLEICHT FRIEDEN...
DORT SIND DÖRFER, UND DAS LEBEN IST HART. DOCH FALLS ES GENUG YOFOKS FÜR ALLE ZU FISCHEN GIBT, VERPFLICHTET DAS GASTRECHT SIE, UNS AUFZUNEHMEN.
UND NAO? FÜR UNS HAT ER AQUABLUE VERLASSEN. WOHIN SOLL ER GEHEN, WENN ER DAS DORF BEI SEINER RÜCKKEHR WIE AUSGESTORBEN VORFINDET, VATER?
ICH TEILE DEINEN SCHMERZ, MI-NUEE. DOCH SIE HABEN UNSEREN GOTT GETÖTET, UND IHR ALKOHOL VERDIRBT DIE SEELEN UNSERER BRÜDER. OB NAO SCHEITERT ODER ERFOLGREICH IST, WAS WIRD AUS UNS, WENN WIR BLEIBEN?!
NUN GEH, MI-NUEE. DEIN PLATZ IST NICHT IM RAT. DEIN HERZ IST NOCH ZU ZART, UM SICH AM SCHWARZEN KORALLENRIFF DER PFLICHT ZU REIBEN!
17

EINE WOCHE SPÄTER...
SO WERDEN DIE ENERGIEZENTRALEN DER TEXEC DIE OZEANE VON AQUABLUE AUSKÜHLEN. DIES WIRD ZUR UNWIDERRUFLICHEN ZERSTÖRUNG DER URTÜMLICHEN LEBENSWEISE DIESER EINGEBORENEN FÜHREN, DIE DIE RECHTMÄSSIGEN EIGENTÜMER DES PLANETEN SIND...
DIE KONFRONTATION EINES EINZELNEN JUGENDLICHEN MIT EINER MULTIPLANETAREN LOBBY IST EINE DIMENSION DER ANGELEGENHEIT. DARÜBER HINAUS STELLT SICH DIE GRUNDSÄTZLICHE FRAGE: BEGEHT DER MODERNE MENSCH BEI DER EROBERUNG DES WELTRAUMS DIESELBEN IRRTÜMER WIE SEIN VORGÄNGER BEI DER KOLONISIERUNG DER DRITTEN WELT?
DAS WAR BEATRICE DUPRÉ FÜR COSMOMEDIA TV.
BRAVO, BEA! DU HAST ALLES GESAGT, WAS ZU SAGEN WAR!
UM SO BESSER! ICH WOLLTE DEIN EINVERSTÄNDNIS, BEVOR ICH DAS MAX VORLEGE.
ICH RUF' IHN AN! DAS WIRD IHN UMHAUEN, DASS ER MIR EINMAL FREIE HAND GELASSEN HAT.
HALLO, MAX! ICH MUSS DIR UNBEDINGT WAS VORFÜHREN, DAS...
SCHON PASSIERT! DEIN CUTTER HAT MIR SCHON EINE KOPIE GESCHICKT. MÄDCHEN, DU BIST NAIV! ICH ERINNERE DICH DARAN, DASS DIE MEHRHEIT DER ANTEILE VON COSMOMEDIA VON EINER GESELLSCHAFT NAMENS TEXCOM GEHALTEN...
...WIRD, EINER TOCHTER DER TEXEC! MÜSSIG ZU ERLÄUTERN, DASS DEINE REPORTAGE NICHT GESENDET WIRD. BEFEHL VON OBEN! ICH HAB' GETAN, WAS ICH KONNTE, UM DEINEN KOPF ZU RETTEN, ABER SIE HABEN BESCHLOSSEN, DICH INS ARCHIV ZU VERSETZEN!
WAS??
SORRY, BEATRICE, DA HIESS ES DU ODER ICH! ICH HAB' NUR...
KLIK!
SCHLAPPSCHWANZ!
18

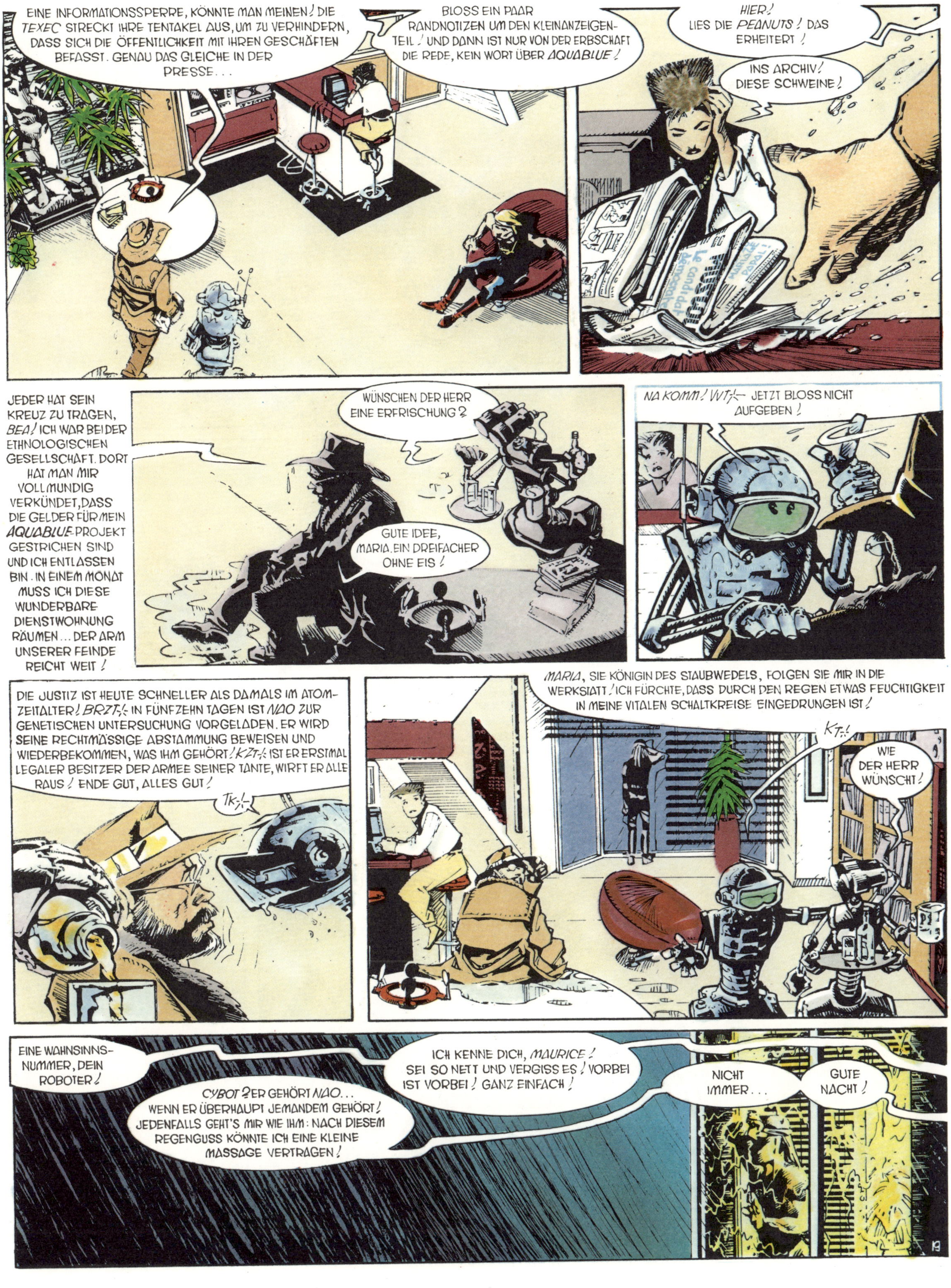
EINE INFORMATIONSSPERRE, KÖNNTE MAN MEINEN! DIE TEXEC STRECKT IHRE TENTAKEL AUS, UM ZU VERHINDERN, DASS SICH DIE ÖFFENTLICHKEIT MIT IHREN GESCHÄFTEN BEFASST. GENAU DAS GLEICHE IN DER PRESSE...
BLOSS EIN PAAR RANDNOTIZEN UM DEN KLEINANZEIGEN-TEIL! UND DANN IST NUR VON DER ERBSCHAFT DIE REDE, KEIN WORT ÜBER AQUABLUE!
HIER! LIES DIE PEANUTS! DAS ERHEITERT!
INS ARCHIV! DIESE SCHWEINE!
JEDER HAT SEIN KREUZ ZU TRAGEN, BEA! ICH WAR BEI DER ETHNOLOGISCHEN GESELLSCHAFT. DORT HAT MAN MIR VOLLMUNDIG VERKÜNDET, DASS DIE GELDER FÜR MEIN AQUABLUE-PROJEKT GESTRICHEN SIND UND ICH ENTLASSEN BIN. IN EINEM MONAT MUSS ICH DIESE WUNDERBARE DIENSTWOHNUNG RÄUMEN... DER ARM UNSERER FEINDE REICHT WEIT!
WÜNSCHEN DER HERR EINE ERFRISCHUNG?
GUTE IDEE, MARIA. EIN DREIFACHER OHNE EIS!
NA KOMM! WT!- JETZT BLOSS NICHT AUFGEBEN!
DIE JUSTIZ IST HEUTE SCHNELLER ALS DAMALS IM ATOMZEITALTER! BRZT! IN FÜNFZEHN TAGEN IST NAO ZUR GENETISCHEN UNTERSUCHUNG VORGELADEN. ER WIRD SEINE RECHTMÄSSIGE ABSTAMMUNG BEWEISEN UND WIEDERBEKOMMEN, WAS IHM GEHÖRT! KZT! IST ER ERSTMAL LEGALER BESITZER DER ARMEE SEINER TANTE, WIRFT ER ALLE RAUS! ENDE GUT, ALLES GUT!
TK!
MARIA, SIE KÖNIGIN DES STAUBWEDELS, FOLGEN SIE MIR IN DIE WERKSTATT! ICH FÜRCHTE, DASS DURCH DEN REGEN ETWAS FEUCHTIGKEIT IN MEINE VITALEN SCHALTKREISE EINGEDRUNGEN IST!
KT!
WIE DER HERR WÜNSCHT!
EINE WAHNSINNS-NUMMER, DEIN ROBOTER!
CYBOT? ER GEHÖRT NAO... WENN ER ÜBERHAUPT JEMANDEM GEHÖRT! JEDENFALLS GEHT'S MIR WIE IHM: NACH DIESEM REGENGUSS KÖNNTE ICH EINE KLEINE MASSAGE VERTRAGEN!
ICH KENNE DICH, MAURICE! SEI SO NETT UND VERGISS ES! VORBEI IST VORBEI! GANZ EINFACH!
NICHT IMMER...
GUTE NACHT!
19

MELKEIOK, ALLES IST ZUM AUFBRUCH BEREIT, DOCH NIEMAND WÄRE DIR BÖSE, FALLS WIR NOCH ETWAS WARTETEN.
NEIN. SIE WIRD JETZT NICHT MEHR WIEDERKOMMEN.
WIR KÖNNEN NACHFORSCHUNGEN ANSTELLEN. WIR WERDEN SIE SCHON AUFSPÜREN.
MI-NUEE KENNT DIE INSEL WIE IHRE EIGENE KAMMER. SIE KANN UNS FÜNFZEHN TAGE LANG ENTWISCHEN, WENN SIE ES SICH IN DEN KOPF GESETZT HAT!
MICH BEUNRUHIGT, DASS SIE IHREN KLEINEN GEFÄHRTEN ZURÜCKGELASSEN HAT. WAS HECKT SIE BLOSS WIEDER AUS?... VORWÄRTS!
MIT TRÄNEN BESÄNFTIGT MAN KEIN UNWETTER! WIR MÜSSEN ABLEGEN!
FRAU MORGENSTERN, DANK IHNEN UND IHREN MÄNNERN KÖNNEN WIR BEREITS JETZT UNSEREN ERSTEN FRÄCHTER MIT ENERGIESPEICHERN LOSSCHICKEN. UNSERE TEAMS KONNTEN UNGESTÖRT ARBEITEN UND DIE PRODUKTION IN REKORDZEIT AUFNEHMEN!
IST AUCH IHR VERDIENST, PHLEBS! WENN MAN BEDENKT, DASS EINE EINZIGE SPEICHEREINHEIT EINE MILLIONENSTADT 24 STUNDEN LANG BELEUCHTEN KANN! AUF DER ERDE ERWARTET MAN IHRE ANKUNFT WOHL VOLL UNGEDULD!
TEXEL
MEINE GÜTE, DAS IST UNGLAUBLICH!
SCHNELL!
SEHT DORT!

SIE HAUEN AB! EXODUS!
PRIMA ABGANG! DIE WERDEN UNS NICHT MEHR AUF DIE ZEHEN TRETEN!
WENN SIE AUF ALLEN ANDEREN INSELN DIESELBE IDEE HÄTTEN, KÖNNTEN WIR DIE PRODUKTION FRÜHER ALS JE BERECHNET AUF 100% BRINGEN!
NICHT TRÄUMEN, PHLEBS!
AUF! THE SHOW IS OVER! ALLES AN DIE ARBEIT! ICH WILL DEN FRACHTER IN 45 MINUTEN ABHEBEN SEHEN!
21

VERSAGER! ICH SOLLTE EUCH EURE DIPLOME ZU FRESSEN GEBEN!
BEI EINEM MULTINATIONALEN KONKURS ODER STEUERBETRUG AUF PLANETARER EBENE HÄTTEN WIR ETWAS TUN KÖNNEN. ABER DIE SACHE MIT DEM JUNGEN IST ZU EINFACH: ER BRAUCHTE NUR SEINE ABSTAMMUNG ZU BEWEISEN.
DAS HAT ER, UND...
RUHE, IHR NIETEN! JETZT, DA ER SEINEN PROZESS DANK IHRER UNFÄHIGKEIT GEWONNEN HAT, MUSS ICH NACHDENKEN!
WIR KÖNNEN KEINESFALLS AUF FRAU MORGENSTERN VERZICHTEN. WIR BRAUCHEN IHRE BRIGADEN AUF AQUABLUE UND HABEN ZUWENIG ZEIT, UM SIE ZU ERSETZEN! WIR MÜSSEN SIE UNTERSTÜTZEN!
IHREM LIEBEN NEFFEN KÖNNTE ETWAS ZUSTOSSEN... KANN ICH IN 24 STUNDEN ARRANGIEREN!
SCHWACHKOPF! WARUM NICHT GLEICH UNSERE VISITENKARTE BEI DER LEICHE HINTERLASSEN ?!
GUT, IM MOMENT IST IHM SEIN IMMOBILIENBESITZ ÜBEREIGNET. DAS HEISST NICHT VIEL, DA SEINE TANTE ALLES VERKAUFT HATTE! ICH WILL, DASS SIE AUCH DEN KLEINSTEN VERFAHRENSFEHLER AUSSCHLACHTEN, UM DEN ZUGRIFF AUF DEN REST MÖGLICHST LANGE HINAUSZUZÖGERN, WÄHREND WIR EINE LÖSUNG SUCHEN...
GENIESSE DEINEN KLEINEN ERFOLG, MEIN JUNGE! ES IST DAS LETZTE MAL...
22

POP!
AUF DAS WOHL DEINER TANTE, NAO, FALLS SIE NICHT AN DIESER NEUIGKEIT ERSTICKT! HAHAHA!
NA, DU FRISCHGEBACKENER SCHLOSSHERR ?...
... WIE FÜHLT MAN SICH SO IN DER WOHNSTÄTTE SEINER AHNEN ?
EIN WENIG KAHL WIRKT ES SCHON, DA ALLE MÖBEL VERKAUFT SIND. ABER WENN DU ERSTMAL KRIEGST, WAS DIR ZUSTEHT, DANN KANNST DU DIR LOCKER WAS NIEDLICHES LEISTEN!
DA TÄUSCHST DU DICH, BEATRICE! ICH BEABSICHTIGE NICHT, MICH HIER NIEDERZULASSEN ... NOCH SONSTWO AUF DIESEM PLANETEN! ICH GEHÖRE NACH AQUABLUE, WAS IMMER DER GEN-TEST AUCH BESAGT, MIT DEM ICH DEN PROZESS GEWANN!
... WENN DIESE GESCHICHTE VORÜBER IST, KEHRE ICH DORTHIN ZURÜCK... IN MEINE HEIMAT...
CHAMPAGNE
BALD IST ES SOWEIT! SEHR BALD! ALSO HÖR AUF, TRÜBSAL ZU BLASEN, NAO! JETZT WIRD GEFEIERT!
ENTSCHULDIGE, MAURICE, ABER ICH KANN NICHT. ICH DENKE AN MI-NUEE UND ALL DIE ANDEREN. AUSSER DASS URUK-URU ANGEGRIFFEN WURDE, HABE ICH KEINE NEUIGKEITEN VON OUVÉA, UND DAS IST BEREITS MEHR ALS BEUNRUHIGEND!

DAS PACKEIS!
SCHON! SO WEIT WAR ES NOCH NIEMALS VORGERÜCKT! DIE MASCHINEN DER TERRANER BEGINNEN, DAS WASSER ABZUKÜHLEN!
JA! UND DIE DÖRFER, IN DENEN WIR UNTERKUNFT ERBETEN WOLLTEN, MÜSSEN NUN WEIT IM INNERN LIEGEN!
WIR MÜSSEN ZU FUSS WEITER. ENTLADET DIE BOOTE UND LASST DIE SCHILDKRÖTEN FREI!
NEHMT NUR DAS ALLERNÖTIGSTE AN NAHRUNG UND WARMER KLEIDUNG MIT. WIR WERDEN DAS HOLZ DER BOOTE BENUTZEN, UM SCHLITTEN DARAUS ZU BAUEN.
JETZT KÖNNEN WIR NICHT MEHR ZURÜCK!
24

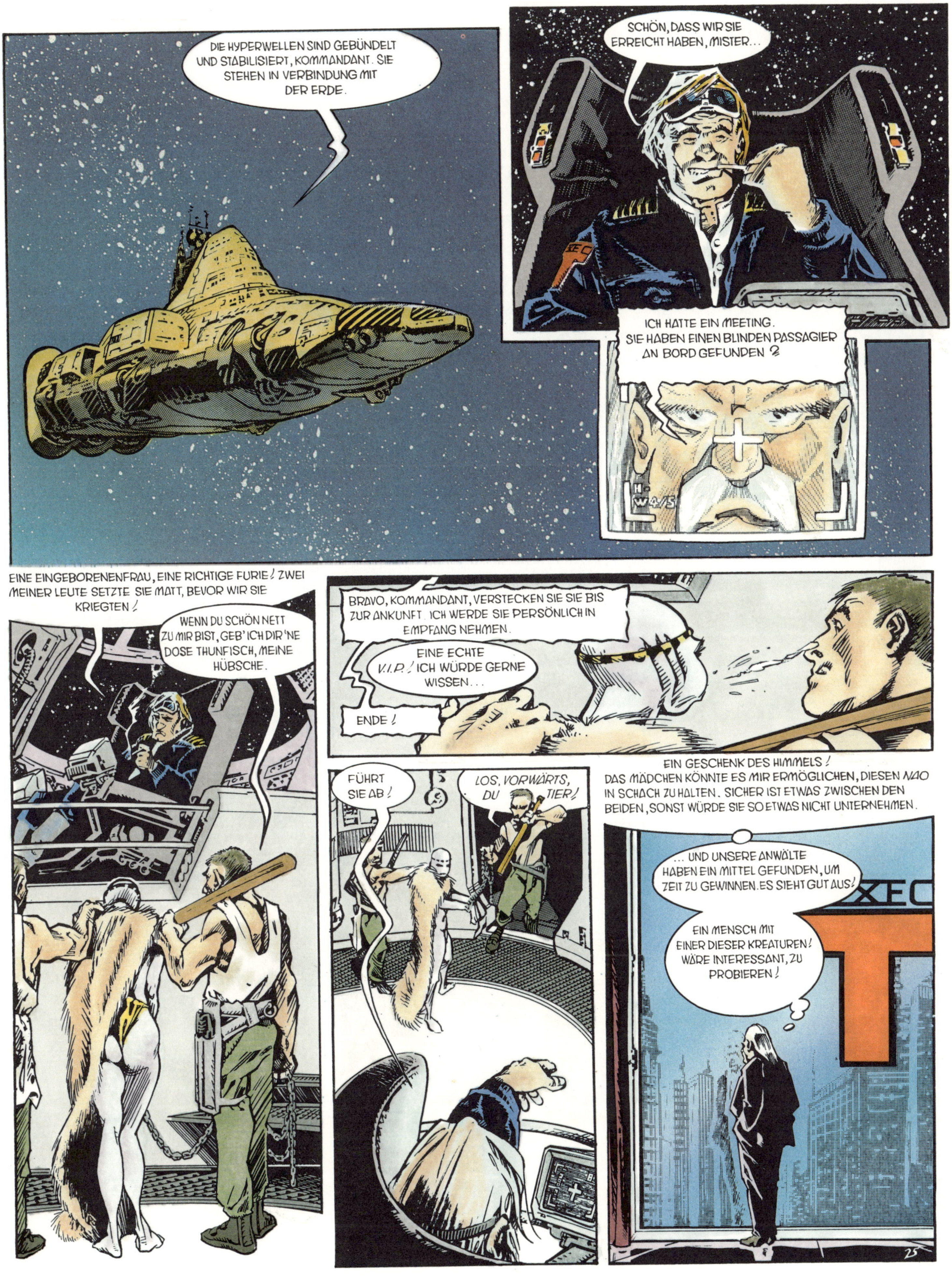
DIE HYPERWELLEN SIND GEBÜNDELT UND STABILISIERT, KOMMANDANT. SIE STEHEN IN VERBINDUNG MIT DER ERDE.
SCHÖN, DASS WIR SIE ERREICHT HABEN, MISTER...
ICH HATTE EIN MEETING. SIE HABEN EINEN BLINDEN PASSAGIER AN BORD GEFUNDEN ?
EINE EINGEBORENENFRAU, EINE RICHTIGE FURIE! ZWEI MEINER LEUTE SETZTE SIE MATT, BEVOR WIR SIE KRIEGTEN!
WENN DU SCHÖN NETT ZU MIR BIST, GEB' ICH DIR 'NE DOSE THUNFISCH, MEINE HÜBSCHE.
BRAVO, KOMMANDANT, VERSTECKEN SIE SIE BIS ZUR ANKUNFT. ICH WERDE SIE PERSÖNLICH IN EMPFANG NEHMEN.
EINE ECHTE V.I.P.! ICH WÜRDE GERNE WISSEN...
ENDE!
FÜHRT SIE AB!
LOS, VORWÄRTS, DU TIER!
EIN GESCHENK DES HIMMELS! DAS MÄDCHEN KÖNNTE ES MIR ERMÖGLICHEN, DIESEN NAO IN SCHACH ZU HALTEN. SICHER IST ETWAS ZWISCHEN DEN BEIDEN, SONST WÜRDE SIE SO ETWAS NICHT UNTERNEHMEN.
... UND UNSERE ANWÄLTE HABEN EIN MITTEL GEFUNDEN, UM ZEIT ZU GEWINNEN. ES SIEHT GUT AUS!
EIN MENSCH MIT EINER DIESER KREATUREN! WÄRE INTERESSANT, ZU PROBIEREN!

EINE VERRÜCKTE SITUATION, HERR ANWALT!
PARADOX, JA PARADOX, WÜRDE ICH EHER SAGEN. WIR HABEN EINEN PROZESS GEWONNEN, DOCH IST ES UNS VORLÄUFIG NICHT MÖGLICH, DAS URTEIL ZUR ANWENDUNG ZU BRINGEN.
DAS HEER VON ANWÄLTEN UND RECHTSBERATERN DER TEXEC HAT FRAU MORGENSTERN GUT BERATEN: PLÖTZLICHE KAPITALVERLAGERUNG, GELEERTE TRESORE... GELD UND WERTPAPIERE, DIE IHNEN ZUSTEHEN, WURDEN JETZT IN DIE SCHWEIZ GESCHAFFT!
DORT ODER ANDERSWO, NAO HAT DAS RECHT AUF SEINER SEITE, ODER?!
SICHER! ABER DIE SCHWEIZER BANKEN WAREN MIT IHREM BANKGEHEIMNIS SCHON IMMER PARANOID, UND HEUTZUTAGE NOCH MEHR! MIT EINEM GIGANTISCHEN PAPIERKRIEG UND ZWEI JAHREN VERFAHRENSDAUER KÖNNTEN WIR GEWINNEN!
ZWEI JAHRE! AQUABLUE BLEIBEN KEINE ZWEI JAHRE MEHR!
COKE
BIS DAHIN WIRD ES EINE EISWÜSTE SEIN! DIE TEXEC WIRD ES WIE EINE ZITRONE AUSGEPRESST HABEN. SIE WERDEN SIEGEN!
ICH KANN NICHT UNTÄTIG BLEIBEN, WÄHREND IHR MIT EUREN GERICHTEN UND BANKEN DEBATTIERT! ICH KEHRE ZURÜCK! IRGEND ETWAS WERDE ICH WENIGSTENS VERSUCHEN KÖNNEN!
PER FAHRRAD? KAJAK? ODER IN EINER WELTRAUM-RIKSCHA?

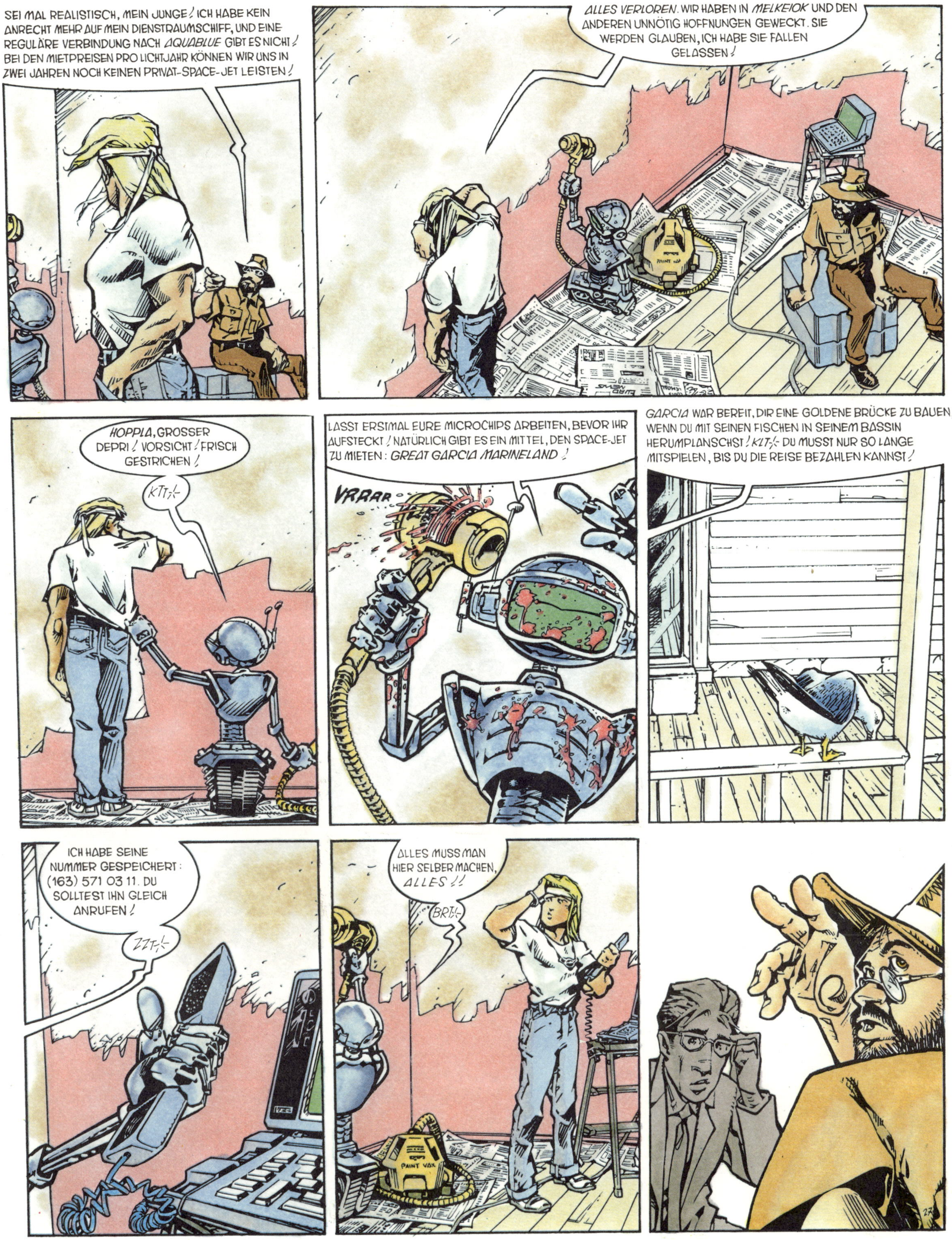
SEI MAL REALISTISCH, MEIN JUNGE! ICH HABE KEIN ANRECHT MEHR AUF MEIN DIENSTRAUMSCHIFF, UND EINE REGULÄRE VERBINDUNG NACH AQUABLUE GIBT ES NICHT! BEI DEN MIETPREISEN PRO LICHTJAHR KÖNNEN WIR UNS IN ZWEI JAHREN NOCH KEINEN PRIVAT-SPACE-JET LEISTEN!
ALLES VERLOREN. WIR HABEN IN MELKEIOK UND DEN ANDEREN UNNÖTIG HOFFNUNGEN GEWECKT. SIE WERDEN GLAUBEN, ICH HABE SIE FALLEN GELASSEN!
HOPPLA, GROSSER DEPRI! VORSICHT! FRISCH GESTRICHEN!
KTT!
VRAAR
LASST ERSTMAL EURE MICROCHIPS ARBEITEN, BEVOR IHR AUFSTECKT! NATÜRLICH GIBT ES EIN MITTEL, DEN SPACE-JET ZU MIETEN: GREAT GARCIA MARINELAND!
GARCIA WAR BEREIT, DIR EINE GOLDENE BRÜCKE ZU BAUEN, WENN DU MIT SEINEN FISCHEN IN SEINEM BASSIN HERUMPLANSCHST! KLT! DU MUSST NUR SO LANGE MITSPIELEN, BIS DU DIE REISE BEZAHLEN KANNST!
ICH HABE SEINE NUMMER GESPEICHERT: (163) 571 03 11. DU SOLLTEST IHN GLEICH ANRUFEN!
ZZT!
ALLES MUSS MAN HIER SELBER MACHEN, ALLES!!
BRT!
PAINT VAX

DER ALTE HUTUK. ER STARB AN ERSCHÖPFUNG.
VERFLUCHTES UNWETTER! WIR SIND VERLOREN!
DENNOCH MÜSSEN WIR WEITER; ES IST UNSERE EINZIGE CHANCE, EIN DORF ZU FINDEN, WENN WIR NICHT HUTUKS SCHICKSAL TEILEN WOLLEN. NIMM DICH SEINER SEELE AN, URUKTHAPEL, WIR ZIEHEN WEITER!

...UND EIN WEITERER PRACHTSPRUNG AUF DEM RÜCKEN VON TONY, DEM MENSCHENFRESSENDEN MÖRDERWAL.
...DOCH DAS ALLES IST NUR EIN KINDERSPIEL FÜR NAO, DEN FISCHMENSCHEN, AUFGEWACHSEN AUF EINEM PLANETEN, WO MAN MIT BLOSSEN HÄNDEN GEGEN HAIE UND RIESENKRAKEN KÄMPFT!
...EHER NOCH EIN TIER ALS EIN ZIVILISIERTER MENSCH, TROTZT ER DER GEFAHR ZUM VERGNÜGEN VON JUNG UND ALT.
APPLAUS, MEINE DAMEN UND HERREN!
CLAP!
CLAP!
CLAP!
CLAP!
DER TYP IST EINE GOLDGRUBE! NOCH NIE HABEN DIE TIERE SO SCHNELL EINEN NEUEN DOMPTEUR AKZEPTIERT! ER MACHT MIT IHNEN, WAS ER WILL. MAN KÖNNTE MEINEN, SIE VERSTEHEN SICH!
DER WIRD MICH AM MONATSENDE TEUER KOMMEN, UND DOCH MACHE ICH DABEI EINEN RIESENSCHNITT: JEDE VORSTELLUNG AUSVERKAUFT! GENIAL, MEINE IDEE MIT DEM FISCHMENSCHEN! GARCIA IST DER GRÖSSTE!
HAHAHA!
29

SPÄTER...
JETZT IST MEINE LIEBSTE ZEIT, NACH DER SCHLIESSUNG, WENN ALLE GEGANGEN SIND.
ENDLICH HABEN WIR FÜNF MINUTEN FÜR UNS, WAS, TONY ?!
...WAS WILLST DU ? AH...SEHEN, WAS ICH GERADE MACHE! NEUGIERIG, WIE ?
ICH KRITZELE SO ZUM ZEITVERTREIB... DAS IST MI-NUEE, MEINE... MEINE GANZ GROSSE FREUNDIN!
...TRÄUM NICHT, TONY! DU BIST NICHT IHR TYP!
AH...DU FINDEST DAS NICHT WITZIG! IHR KOMMT MIR ALLE SO LUSTLOS VOR, HIER... NA JA, ICH KANN MIR DENKEN WARUM...
...ES IST TRAURIG, IN VIER WÄNDE EINGESCHLOSSEN SEINE RUNDEN IM WASSER ZU DREHEN...WEIT WEG VON ZUHAUSE UND DENEN, DIE MAN LIEBT...
... ICH KENNE DAS...
30

UND ICH BIN DABEI, VON EURER GEFANGENSCHAFT ZU PROFITIEREN, UM DER MEINEN ZU ENTRINNEN!
EIGENTLICH GEFÄLLT MIR DAS ÜBERHAUPT NICHT.
VOOOSH!
LOS, VERSCHWINDET! UND SCHNELL, BEVOR ICH'S MIR ANDERS ÜBERLEGE!
VIEL GLÜCK! UND VERGESST MICH NICHT!
JETZT BLEIBT MIR NICHTS ANDERES MEHR ÜBRIG, ALS EINEN NEUEN JOB ZU FINDEN!...
MARINO BAY

O UNAUTHORIZED PERSONS ALLOWED
LANDEMANÖVER BEENDET. MOTOREN AUS UND SCHLEUSENKAMMERN AUF!
DREI PERSONEN SIND AN DER TÜR DES HAUPTLADERAUMS, KOMMANDANT! SIE WOLLEN DAS MÄDCHEN ABHOLEN!
ICH KOMME!
DAS IST SIE. ÜBERNEHMT DIE FRACHT! ICH WÄRE TROTZDEM NEUGIERIG, WARUM SIE SO WICHTIG IST...!
STOP!
SIE HABEN NICHTS GESEHEN, KOMMANDANT! KEINEN BLINDEN PASSAGIER, UND WIR KENNEN UNS NICHT! OFFIZIELL EXISTIERT SIE NICHT!
KAPIERT?!
ALLES KLAR! WIR HABEN SIE.
NEHMT IHR DIE HANDSCHELLEN AB, UND LASST SIE EINSTEIGEN!

FREUT MICH, SIE KENNENZU-LERNEN...
UND DAS UM SO MEHR, DA ICH FÜHLE, DASS SIE MIR EINE WERTVOLLE HILFE BEI DER LÖSUNG MEINER PROBLEME MIT IHREM FREUND *WILFRID MORGENSTERN* SEIN WERDEN. SIE KENNEN IHN, NICHT WAHR?
HABEN SIE ANGST? WIE TÖRICHT, IHNEN GESCHIEHT NICHTS SCHLIMMES...
...WENN SIE SICH KOOPERATIV VERHALTEN!...
WHUD!
HALTET SIE!
SEID IHR IDIOTEN FESTGEWACHSEN? SCHNELL! ZUM HUBSCHRAUBER!

BRRTT-BRT-T!-BRRRT-BRT!
?!
SIEHST DU SIE?
NEIN! ABER BLEIB ÜBER DER STELLE! SIE MUSS JA AUFTAUCHEN!

GUTER GOTT!
MEINE GÜTE! WO SIND DIE ANDEREN?
35

NAO, ICH HAB' DICH ÜBERALL GESUCHT! HAST DU DIE GANZE NACHT DRAUSSEN VERBRACHT!?
DRT!
SPINNER! WEISST DU NOCH NICHT, DASS DU EIN WESEN AUS FLEISCH UND BLUT BIST? DU WIRST DIR EINE LUNGENENTZÜNDUNG HOLEN!
BRRZ!
DU WILLST DOCH NICHT ETWA STERBEN, NUR WEIL DU DEINE ARBEIT VERLOREN HAST!
VRT!
JETZT HEISST'S REAGIEREN, MEIN JUNGE, DEN STIER BEI DEN HÖRNERN PACKEN!
CRR!
HÖRST DU MIR ÜBERHAUPT ZU?
ACHTUNG, DEINE SCHUHE!
CRZ!
GRRZT!– DIESES WEIB HAT IHN SCHON IMMER ZUM IDIOTEN GEMACHT!
36

MI-NUEE... ABER... ABER WIE...
DAS IST EINE GESCHICHTE FÜR SICH, NAO. ES HÄTTE SCHLECHT AUSGEHEN KÖNNEN, WENN ICH NICHT DIESEM SELTSAMEN FISCH BEGEGNET WÄRE!
TONY? UNGLAUBLICH, ER HAT SEINE SCHULD BEGLICHEN, UND JETZT SCHWIMMT ER DAVON!
HASTA LUEGO, TONY!
NAO, SIE HABEN ALLE DAS DORF VERLASSEN... UND DIE TERRANER HABEN URUK-URU ANGEGRIFFEN. ER IST VERSCHWUNDEN!
ICH WEISS, ICH HATTE EINE VISION...
ICH HABE AUCH EINE SELTSAME STADT AM MEERESGRUND GESEHEN. HAT URUKTHAPEL MIR NICHT EINE ALTE LEGENDE DARÜBER ERZÄHLT?
CYBOT, DU HAST MIR GEFEHLT, ALTES SCHROTTSTÜCK!
BLK! ENDLICH KÜMMERT SICH JEMAND UM MICH!
DUPRÉ IST IN DER VILLA. WIR GEHEN IHN ÜBERRASCHEN!
ALSO NEIN, BEATRICE, KOMMT NICHT IN FRAGE!
MAURICE, DAS IST EURE LETZTE CHANCE, NACH AQUABLUE ZURÜCKZUKEHREN. WILLST DU SIE WEGEN DEINES MACHO-STOLZES VERSPIELEN?!
37

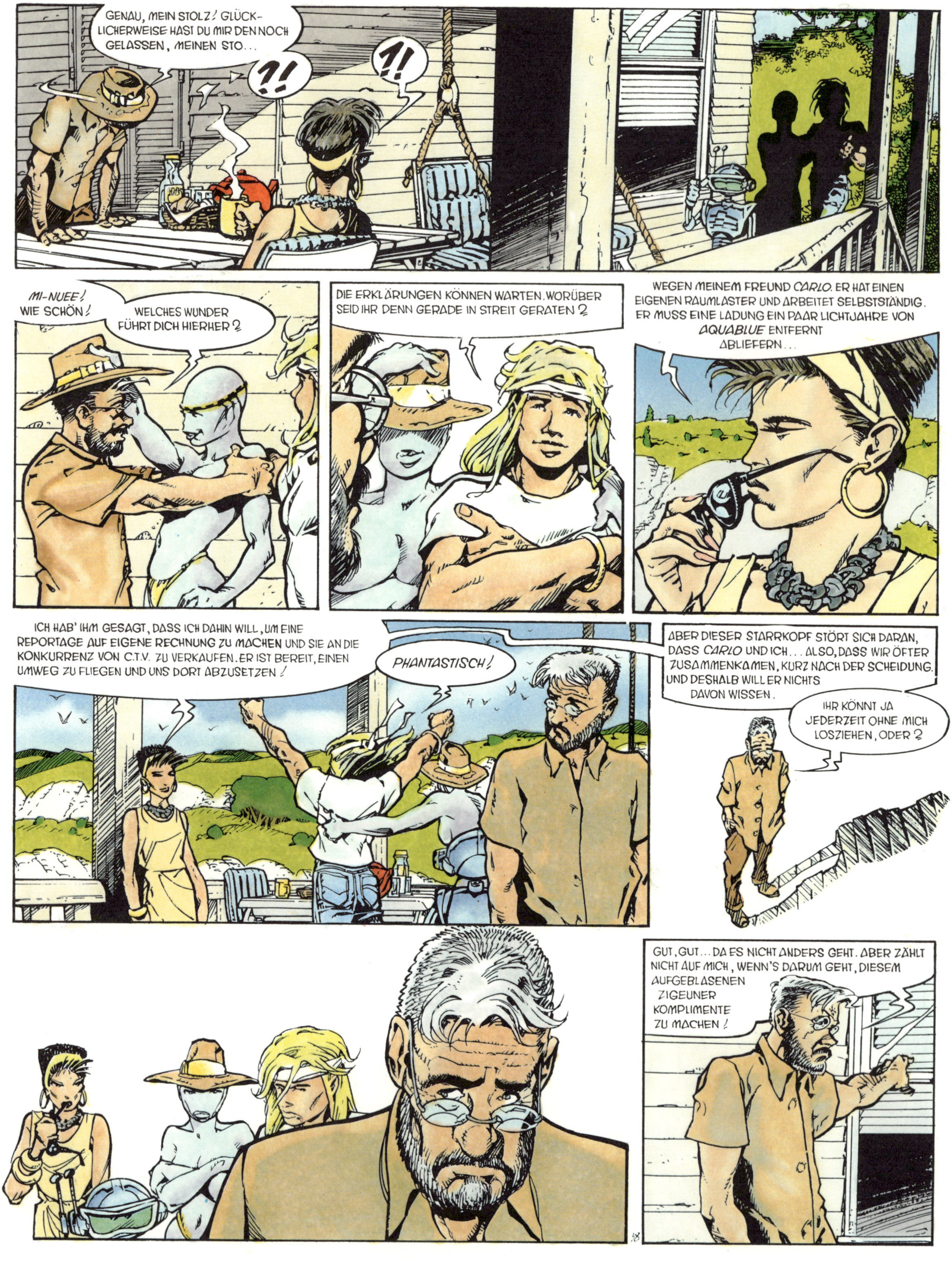
GENAU, MEIN STOLZ! GLÜCKLICHERWEISE HAST DU MIR DEN NOCH GELASSEN, MEINEN STO...
?!
!!
MI-NUEE! WIE SCHÖN!
WELCHES WUNDER FÜHRT DICH HIERHER?
DIE ERKLÄRUNGEN KÖNNEN WARTEN. WORÜBER SEID IHR DENN GERADE IN STREIT GERATEN?
WEGEN MEINEM FREUND CARLO. ER HAT EINEN EIGENEN RAUMLASTER UND ARBEITET SELBSTSTÄNDIG. ER MUSS EINE LADUNG EIN PAAR LICHTJAHRE VON AQUABLUE ENTFERNT ABLIEFERN...
ICH HAB' IHM GESAGT, DASS ICH DAHIN WILL, UM EINE REPORTAGE AUF EIGENE RECHNUNG ZU MACHEN UND SIE AN DIE KONKURRENZ VON C.T.V. ZU VERKAUFEN. ER IST BEREIT, EINEN UMWEG ZU FLIEGEN UND UNS DORT ABZUSETZEN!
PHANTASTISCH!
ABER DIESER STARRKOPF STÖRT SICH DARAN, DASS CARLO UND ICH... ALSO, DASS WIR ÖFTER ZUSAMMENKAMEN, KURZ NACH DER SCHEIDUNG. UND DESHALB WILL ER NICHTS DAVON WISSEN.
IHR KÖNNT JA JEDERZEIT OHNE MICH LOSZIEHEN, ODER?
GUT, GUT... DA ES NICHT ANDERS GEHT. ABER ZÄHLT NICHT AUF MICH, WENN'S DARUM GEHT, DIESEM AUFGEBLASENEN ZIGEUNER KOMPLIMENTE ZU MACHEN!

TAGS DARAUF...
MAURICE, DARF ICH DIR CARLO VORSTELLEN ?!
BUON GIORNO! BEATRICE HAT MIR VIEL ERZÄHLT VON...
WAS? IN DIESEN HÜHNERKÄFIG SOLLEN WIR EINSTEIGEN ?
MEIN STROMBOLI ? EIN HÜHNERKÄFIG ? MAMMA MIA! EIN CHASSIS AUS HEXA-CARBON, ANGETRIEBEN VON ACHT FERRARI-MOTOREN, DAS NENNT DER EINEN HÜHNERKÄFIG!
SIE FLIEGEN WOHL ZUM ERSTEN MAL INS ALL ?
WIR WERDEN JA SEHEN! VORWÄRTS, EINSTEIGEN! ICH HAB' KEINE LUST, DASS DER ZOLL AUFKREUZT UND UNS NACH MI-NUEES PASS FRAGT!
?
IST DER IMMER SO ?!
ÄH... NEIN, DAS... REISEN MACHT IHN NERVOS.
PRONTO ? TOWER, HIER STROMBOLI, BESTIMMUNGSORT PHAETON IV. ERBITTE STARTERLAUBNIS.
ERLAUBNIS ERTEILT, STROMBOLI.
AVANTI!!!!!

HEEE:!:
UND OBENDREIN FLIEGT ER TATSÄCHLICH WIE EIN ITALIENER!
AH! ES GEFÄLLT IHNEN?
WAHRE LIEBHABER DIESER KUNST FINDET MAN SELTEN!
GUTE REISE!...
...HIER KONNTE ICH NICHT DIREKT GEGEN EUCH VORGEHEN...
DOCH WIE HEISST DAS SPRICHWORT: "IM ALL HÖRT NIEMAND DEINEN SCHREI." UND EIN UNFALL IST JA SO SCHNELL PASSIERT!
SUSANNE, NOTIEREN SIE. DIE NACHRICHT WIRD PER HYPER-WELLEN ÜBERMITTELT.
ICH BIN BEREIT, SIR.
"FRAU MORGENSTERN..."
40

NACH EINER WOCHE IM HYPERRAUM ...
HE! ACHTUNG!
BREMSEN SIE DOCH AB! WIR SIND FAST DA. ICH HAB' KEINE LUST, MEINE HAUT IN EINEM ASTEROIDENHAUFEN ZU VERLIEREN!
MA QUÉ? ICH HAB'S EILIG. ES IST GERADE ZEIT, EUCH ABZULADEN, UND DANN HEISST'S TIEFGEFRORENE PIZZA AUSLIEFERN!
RUHIG BLUT! IST GENUG PLATZ! EIN ECHTER HIGHWAY!
DIE MINEN VON PHAETON IV WERDEN VON EINER BEDEUTENDEN ITALIENISCHEN KOLONIE AUSGEBEUTET ...
AAAAAAH! DAS GEHT SCHIEF!
... ECHTE PIZZAS AUS DEM HEIMATLAND WERDEN ZU KAVIARPREISEN GEHANDELT!
MEINE GÜTE, SEHEN SIE DOCH NACH VORN!
VA BENE! WIR SIND FAST DURCH!
UND DA IST AQUABLUE! MEINE DAMEN UND HERREN, BITTE ERST TÜREN ÖFFNEN, WENN DER ZUG HÄLT!
ENDLICH...
GUTE ARBEIT, SIGNOR CARLO! SHAKEHANDS! ICH HAB' IHNEN IMMER VERTRAUT!
BRZ!
HEUCHLER!
WILLKOMMEN ZU HAUSE, MEIN LIEBER NEFFE!

DAS IST ABER NETT, SEINER TANTE EINEN BESUCH ABZUSTATTEN! ENDLICH KÖNNEN WIR UNSER PROBLEM BESEITIGEN!
HE!
SCHIESST SIE AB!!
ABER GERN!
SCHNALLT EUCH AN!
ZU SELBSTSICHER, WIE ALLE ANFÄNGER!
VERD...
UND JETZT DIE BÖSE ÜBERRASCHUNG!
STROMBOLI SPUCKT FEUER!

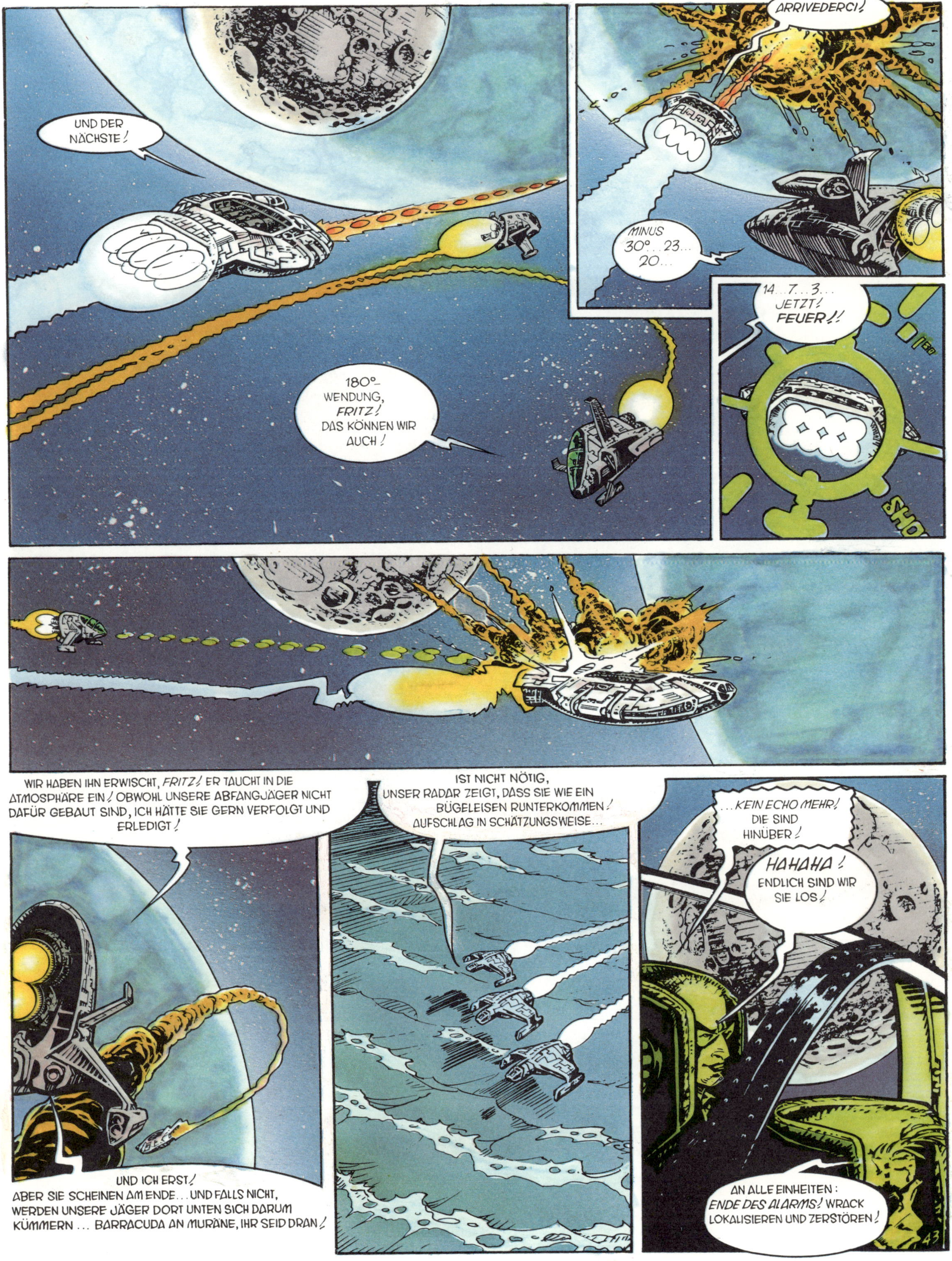
UND DER NÄCHSTE!
ARRIVEDERCI!
MINUS 30°...23... 20...
180°-WENDUNG, FRITZ! DAS KÖNNEN WIR AUCH!
14...7...3... JETZT! FEUER!!
WIR HABEN IHN ERWISCHT, FRITZ! ER TAUCHT IN DIE ATMOSPHÄRE EIN! OBWOHL UNSERE ABFANGJÄGER NICHT DAFÜR GEBAUT SIND, ICH HÄTTE SIE GERN VERFOLGT UND ERLEDIGT!
UND ICH ERST! ABER SIE SCHEINEN AM ENDE... UND FALLS NICHT, WERDEN UNSERE JÄGER DORT UNTEN SICH DARUM KÜMMERN ... BARRACUDA AN MURÄNE, IHR SEID DRAN!
IST NICHT NÖTIG, UNSER RADAR ZEIGT, DASS SIE WIE EIN BÜGELEISEN RUNTERKOMMEN! AUFSCHLAG IN SCHÄTZUNGSWEISE...
...KEIN ECHO MEHR! DIE SIND HINÜBER!
HAHAHA! ENDLICH SIND WIR SIE LOS!
AN ALLE EINHEITEN: ENDE DES ALARMS! WRACK LOKALISIEREN UND ZERSTÖREN!
43

VORS... CARLO, SIE KÖNNEN JETZT WIEDER ETWAS HÖHER FLIEGEN...
KOMMT NICHT IN FRAGE, MAURICIO! SIE WERDEN UNS DA SUCHEN, WO SIE UNSER RADARSIGNAL VERLOREN HABEN. WIR MÜSSEN SO WEIT WIE MÖGLICH WEG, BEVOR WIR LANDEN!
GANZ WIE SIE WOLLEN, ABER LANDEN SIE UM HIMMELS WILLEN!!
MADONNA! DIE MOTOREN HABEN AUSGESETZT!
FWOOM!!
OOOOH, NEIIIN! SO HAB' ICH DAS MIT DEM LANDEN NICHT GEMEINT!!
44

NIE WIEDER! HÖRT IHR: NIE WIEDER STEIG' ICH BEI DIESEM TYPEN EIN! NICHT MAL AUF EIN SCHAUKELPFERD!
DER FÜHRERSCHEIN GEHÖRT IHM ABGENOM...
HIMMEL! SEHT DORT!
MEINE KINDER!
ICH GLAUBTE, KEINEN VON EUCH JE WIEDERZUSEHEN!
MELKEIOK, AUF DER ERDE IST NICHT ALLES SO GELAUFEN, WIE WIR WOLLTEN. WIR WERDEN ES ALLEINE SCHAFFEN MÜSSEN, HIER AUF AQUABLUE.

WIR HABEN URUK-URU VERLOREN, DOCH SEINEN ERWÄHLTEN HABEN WIR WIEDERGEFUNDEN: TUMU-NAO! DIE GÖTTER SCHENKEN UNS ERNEUT IHR LÄCHELN!
ES WÄRE HÖCHSTE ZEIT DAFÜR! SEIT DREI TAGEN SIND WIR OHNE LEBENSMITTEL... EINIGE HATTEN NICHT DIE KRAFT, DIE REISE DURCHZUSTEHEN!
BEVOR WIR AN UNSERE FEINDE DENKEN, MÜSSEN WIR ETWAS FINDEN, UM UNS SELBST ZU RETTEN!
HE! IHR DA! ...
... WOLLT IHR ECHTE ITALIENISCHE PIZZA KOSTEN? ICH HAB' NOCH SECHS TONNEN IM LADERAUM, DIE VERDERBEN MIR SONST!
CUCINA BIG CHIEF
FIN...